말하지, 그랬어

말하지, 그랬어

펴낸날 | 2025년 1월 11일

지은이 | 제종길
발행인 | 박수영

기획 | 박성미
편집 | 정미영
디자인 | 박현정
마케팅 | 홍석근

펴낸곳 | 플래닛03 주식회사
출판신고 | 제 2023-000129호 (2023년 10월 17일)
주소 | 경기도 성남시 분당구 황새울로 355번길 5. N타운빌딩 301호
전화 | 02-706-1970 팩스 | 02-706-1971
전자우편 | commonlifebooks@gmail.com

ISBN 979-11-985035-4-1 (03810)

🅟 planet03
플래닛03은 태양에서 세 번째 행성, 지구의 다른 이름입니다. 우리는 지구와 공생하고자 합니다.
책과 미디어를 통해 많은 사람들과 지식을 나누고 '지구감성'을 공유하고자 합니다.

플래닛
시 선
0 0 1

말하지, 그랬어

제종길 시집

ⅢⅢ planet03

시인의 말

꿈에서 깨어나니 다른 꿈속이었습니다.

꿈에서 본 세상 일들을 적어 보았습니다.

2024. 12

제종길

차례

2부

/

3부

/

1부

/

초여름 숲속 길

숲속의 초여름은 소리소리 없는 아우성으로 가득하다.

온갖 생명들이 쉴 새 없이 발산하는 에너지는 쑥쑥 온 산을 움직인다.

작은 발걸음을 내디딜 때마다 스멀스멀 풀꽃 잎사귀 향수가 뿌려진다.

진한 향내는 화장 안 한 소녀의 느낌으로 다가와 온몸을 휘휘 감고 되돌아 나간다.

콧속으로 들어온 화학물질은 뇌와 심장에 설렘이 되어 두근두근 전달된다.

조각조각 흩어진 햇살은 가지 사이사이를 내달리며 한여름 축제를 준비한다.

덩달아 잎사귀들은 방긋방긋 웃으며 윤기 나는 초록빛 몸매를 뽐낸다.

길을 따라 나는 산들산들 바람은 걷는 이를 잃어버렸던 꿈속으로 안내한다.

초여름의 숲길은 어느새 덕수궁 돌담길이 되고,

외딴섬 모래언덕 길이 된다.

밀밭 길이 된다.

솔바람

산신령을 뵈려는데

난데없이 센 바람이 불어와 온몸을 휘감는다.

정월 솔숲을 지나온 기가 뇌까지 헤집는다.

'그대는 이곳에 왜 왔는가?'

'아직도 그곳에 계십니까?'

'내 말이 들리지 않는가?'

'꿈인지도 모르지 않습니까?'

'아직도 자신을 못 믿는가?'

찰나였나? 코와 기도를 거친 청량함은 오장육부
까지 적시고 발걸음을 허허하게 한다.

구름은 발아래 놓이고, 바람은 온데간데없다.

봄날은 간다

꽃잎이 그리 눈처럼 흩날리더니
벚나무에 새순을 내려고 그랬나 보다
찬물 속에서 힘을 키웠던 잉어는
뭘 위해 그렇게 소리 내어 텀벙거렸나!
수초 더미 속에서 잎 싹 트는 소리를
잉어는 어찌 알아들었을까?
그리 그리 새봄이 찰나 같이 지나가는데
이 순간에도 둥치는 더 굵어지려 하고
잉어는 덩치를 더 키우려 하네
빠르게 흘러가는 봄이
아직은 즐겁기만 하네

느티나무

우리 동네 입구에 턱 버티고 있는 큰 나무
앞으로도 수백 년을 더 살 거라 하네
나무를 비켜 지나면 그제야 우리 집 보이지
어두운 밤이라도 마음이 놓이지
기쁜 일 있을 땐 팔 벌려 웃어 주고
슬플 땐 그 넓은 품으로 안아 주네
나만을 사랑하는 외할아버지 같은 나무
옆집 아저씨처럼 늘 반겨 주는 나무
연인 같이 항상 지켜 주는 나무
우리 동네 느티나무
세찬 바람이 불면 앞서 막아 주고
햇살이 따가우면 가지 아래로 숨으라 하네
아낌없이 주는 나무
우리 동네 느티나무

바람 분 다음 날 아침 숲길

장대비가 누워서 날아가는
거센 바람에도 밤새 잘 버티었네
실뿌리까지 덜덜덜 떨며 고리 걸어 지샜나 보다
부슬부슬 흩어져 내리는 세우가 회색 새벽길을 밝힌다.

나무 기사들이 늠름하게 창끝을 하늘 향해 세워 반기네

으쓱으쓱 어깨를 펼치고
걷는 아침 길이 하늘길 되었네

봄, 환장하겠네

올봄이 유난히 빛난다.
온산에 가득한 연두 초록색 스펙트럼
자연의 조화가 아니면 나타낼 수 없는 색의 기적
숲 사이로 살짝 내민 흰 연분홍 노란 연보라와 보라색 꽃들이
다 신기하고 눈에 쏙쏙 들어온다.
기다란 물바가지 같은 여러 개가
모여 꽃인 걸 올봄에 처음 알았다.
매년 보았을 흔한 풀이었을 텐데.

이제야 안다.
가까이 살펴보아야 안다.
오랫동안 끊이지 않고 볼 수 있으면 더 잘 알게 되겠지.

봄이 온 산에서 쑥쑥 솟아오르고,
가냘픈 연두로 온몸이 설레어도 아직도 속을 알 수 없는데

또 한 해가 훌쩍

속절없이 시간만 흐른다.

참 빠르다.

봄,

참 환장하겠네

산

겹쳐 늘어선
언덕들이 있어야
산이지
우르르 물 만들어
들판을 적셔야
비로소 산이 되지

별

북두칠성이
사찰 대웅전 지붕에 얹혀 있다.
밤하늘은 까마득히 잊고 있던 옛이야기들을
끝없이 내어 놓는다.
세상일에 흘려 내보냈던
그리움이 차곡차곡 되쌓인다.
우주 한쪽에서
빛났던 작은 별 하나를 찾다 잠이 든다.

그 소나무

세상을 구한 큰 인물이라면
꼭 저렇게 서 있을 테지
바위산 꼭대기에 홀로 남아
비바람과 눈보라를 견디었을 테지
온몸으로 처절하게 부딪쳤겠지!
가지가 휘어지고 휘어져도
꼿꼿이 하늘 향해 일어서려고
온 힘을 다했겠지!
척박한 바위틈에서 나와 함께 자란
다른 나무들이 죽고 베어져 나가도
울퉁불퉁 못생겨서 살아남았겠지!
끝내 그 한 그루는 대왕송이 되었네

제비꽃 I

썩은 낙엽 조각들을 뚫고 나온다.

당당하지도 않다.

화려하지도 않다.

크지도 않다.

특별히 좋아해 주는 이도 없다.

그렇다고 숨지도 않는다.

끼리끼리 어울려 핀다.

매년 같은 자릴 지킨다.

또다시 같은 봄을 기다린다.

너를 위해.

제비꽃 II

얼어붙었던 대지를 뚫고 나와 미소 짓는다.

쓰레기와 썩은 나뭇잎도 마다하지 않는다.

누구도 찾지 않는 땅에 터전을 마련한다.

화려하지도 않다.

크지도 않다.

찾는 이도 없다.

그러나 밝고 당당하다.

매년 다른 자릴 찾아간다.

우리 터를 지킨다.

기어 자라는 토마토

게으른 농부는

토마토를 눕혀 키운다.

흙살에 지지대를 박는 것이 왠지 싫고

이런저런 풀들을 뽑아내지 않아서 좋다.

식물도 다른 동식물과 서로 돕고 사는

공존과 공생을 방해하지 않아야 한다는 핑계도 있다.

땅 냄새를 바로 맡으며 크는 토마토 줄기와 가지는

점점 억세지고, 마디 옹이는 굵어진다.

가지 끝 촉수는 더듬더듬하며 사방팔방으로 뻗어

나간다.

어느새 바닥은 녹색 천지가 된다.

다른 동식물은 이때라며 그 속에 자릴 잡는다.

풀섶 위에 놓인 토마토 알은 상처 날 염려가 없고,

거친 잎사귀를 갉으려는 벌레는

천적의 공격을 겁내 다가오지 않는다.

오래된 알은 농액이 되어

토마토 숲속 거주자들의 식량이 되고,
이들이 오가는 땅은 기름기가 넘친다.
늦여름 토마토밭은 다양한 주민들의 도시가 된다.

게으른 농부는 작지만 단단하고
풀 향 가득한 토마토 알을 생산한다.
도시 농부의 풀밭 토마토는 찬바람에도
마지막 꽃피우기를 멈추지 않는다.

한여름 채소밭

　모처럼 물세례를 맞은 상추 대는 공중으로 쑥쑥
솟는다. 펼친 잎사귀까지 보면 크리스마스트리를 닮
았다. 치커리의 줄기는 가늘고 길게 마구마구 뻗어
나 산발한 머리처럼 엉겼다. 국화꽃을 닮은 연보라
꽃이 하늘을 향해 활짝 웃는다. 고춧대는 불쑥불쑥
자란 고추가 주렁주렁 달린 쪽으로 기울었다. 고추
는 이에 아랑곳하지 않고 계속 하이얀 별꽃을 피워
낸다. 눈부시도록 노오란 꽃장식을 걷어 낸 천연초
는 2세 생산에 성공하여 생기가 넘친다. 잔바늘은 더
강하고 독해졌다. 완두콩은 썩어 가는 줄기에 새로
운 씨앗을 닮은 연초록색 주머니를 악착같이 매달고
있다. 강낭콩은 마구 꼽아 놓은 나무 막대기에 억지
로 기어오르면서 핏빛 문양이 선명한 커다란 콩깍지
를 여럿 매달고 힘겨워하고 있다. 키가 짤막한 호박
나무는 한 주에 한 개씩 기다란 호박 몽둥이를 만들
어 낸다. 이에 질세라 가지도 검보라색 자루를 매주
몇 개씩 뽑아 낸다. 자루 받침에는 자기 열매를 지키
려고 억센 가시들을 돋우었다. 그래도 보랏빛 꽃에

는 미소가 가득하다. 케일 이파리는 숭숭 뚫렸는데
도 당당하고, 햇빛을 잘 받도록 넓게 펼쳐져 있다. 그
밑으론 달팽이가 맨몸을 드러내어 놓고 습기를 즐기
는 듯 기어가고 있다. 아욱의 둥글넓적한 잎 아래쪽
은 온통 까만 깨 범벅이다. 진드기들이다. 이따금 무
당벌레들이 찾곤 한다는데 이날은 보이지 않는다.
주말농장 밭에는 채소로 등록되지 않은 풀들로 무성
하다. 어떤 풀은 초미니 연노랑 꽃을 피워 이랑을 장
식하기도 하고, 또 다른 풀은 나도 채소가 될 수 있다
며 보아 달라고 애원한다. 흙 위로 개미들의 발걸음
이 부지런하고, 땅강아지가 흙덩어리를 밀쳐 내는
모습도 보인다. 한여름 짧은 장맛비에도 흰나비는
한가롭게 꽃밭을 오간다.

민들레

    한적한 길가에 핀 노란 꽃의 긴 대가 유난히 눈에 띈다. 멀리 날리려니 높아야 하고, 꼿꼿이 세워도 바람을 기다려야 한다. 그러고 보니 잡초가 난 둔덕 아래는 대가 기다랗고, 둔덕 위엔 짧다. 어느 꽃대의 씨앗들이 더 멀리 갈지는 아무도 모른다. 어느 갓털이 더 잘 착지할지도 알 수 없다.

    누구나 널리 알려지는 것을 원하는 것은 아니다. 높이 서려면 힘도 들고 고난을 겪어야 한다. 오르다 보면 꺾이고 밟히기도 한다. 둔덕 위인지 아래인지도 자신이 선택하는 것이 아니다. 폭풍을 맞이하면 머나먼 외딴곳에 도달할 수도 있다. 그래도 그 자리에서 다음 해를 기다린다. 살다 온 곳을 굳이 기억하지 않는다. 그래서 강하다.

    어느 생명체라도 살아남아야 한다. 어떤 꽃이라도 닮은 꽃을 남겨 두길 간절히 원한다. 언제까지라도 기다린다. 다음 세대가 널리 꽃피울 날을. 누가 아는가? 온 길가가 노랗게 변할 봄이 올지.

카페 정원에 핀 수국

　수수한 자태의 수국을 누구나 좋아한다. 갓 정리한 여름 정원엔 풍성해 보이는 수국이 제격이다. 한여름의 더위도 식혀 주고, 꽃 색이 희고 푸르며 불그스레 바뀌어 지루하지도 않다. 꽃다발이 크니 카페까지 한껏 돋보인다. 봄날 내내 가꾼 보람이 있었는지 정원의 다른 꽃들을 압도하고 거드름까지 피우는 듯 보인다. 소박한 꽃인 척 난 체를 하곤, 색을 바꾸는 그것은 변심이 아니라 진심이다.

초파리

포도를 넣어 둔 플라스틱 통 위에
학명은 모르지만, 초파리라 명명한
작은 파리 한 마리가 앉아 있다.
달콤한 향을 맡고 왔다가
밤새 통 속으로 들어갈 길을 찾아 헤맸나 보다
수척한 것이 많이 지친 모양이다.

뚜껑을 살짝 열어 두어도 날지도 않고
통 속으로 뛰어들 엄두를 내지 않는다.
안으로 들어서는 순간 뚜껑이 닫힐까 봐
망설이는 걸까?
아니면 썩어 문드러진 내만 찾아다니는
똥파리와는 다르다는 결기를
보이는 것일까?

무리에서 벗어나 혼자 있는 걸 보니
기밀이 잘된 통을 새어 나간
미세한 입자에도 반응하는 능력을 갖춘

친구인 것은 분명한 것 같다.

똥파리보다는 염치가 있어 보이는

초파리를 위해 통을 열어 둔 김에

포도 한 알 먹어 봐야겠다.

형제봉에 서서

겹겹 포개진 산들로 에워싸인
산봉우리에 올라서서
강물처럼 흘러가는 구름 위에 서니
온 세상이 아득하다.

뜨거운 가슴으로 총알을 받아 내던 선배들의
안타까운 청춘도 보이고
그 선혈로 산과 계곡을 적셨던
발아래에서 꿈틀거리며 흐르는 물길을 느껴지니
심장이 벌렁벌렁 뛴다.

희생이, 핏빛 투쟁이 없었다면
만들어지지 않았을 이 세상

골을 따라 거칠게 흐르는 물은
왜 그리 맑은지
바닥 돌멩이에도 햇살이 닿아 반짝이고
우렁우렁 소리 내 외친다.

풀

암흙을 뚫고 나와 빠득빠득 하늘 에너지를 받아내어

뭇 생명을 살린다

일차생산자

홀홀 씨앗을 날리고,

바닥을 기며,

여릿여릿 소리 없이 온 세상을 뒤덮는다

바람이 지나가면 하늘하늘하며 눕는다

종류를 가리지도 않는다

사람의 귀천도 구별하지 않는다

꾸욱꾸욱 밟으면 이내 길을 내주고,

오가지 않으면 스렁스렁 밀려와 어느새 그 길을 가린다

잘리면 초록 냄새를 싸악싸악 내놓는다

온 세상을 진동시킨다

나무도 못 내는 비명으로 천지를 울린다

소리 향은 스멀스멀 다가와 콧속을 후비고 독이
되어 뇌에 박힌다

다시
파릇파릇 되돋아난다

비

타닥
타다닥
투두둑
툭툭
툭
툭 툭
투두둑

공중을 뚫고
내리꽂히는 수만 개의 물 덩어리들

투두둑
투두둑
투두두둑 투두두둑 투두두둑

덩어리들이 운반하는 낙차 에너지는
주춧돌을 파내어 홈을 만든다.
작은 물웅덩이에는
어머니가 만들어 주신 부침개 내음이 가득하다.

매미

내 귓속에 매미 한 마리가 살고 있다.

한여름이 되자 숲속으로 날아가 울어 댄다.

그래서 여름이 너무 좋다.

팔월 마지막 날

처서가 지났다.

팔월이면 아직 여름인데도 자고 일어나면 온몸이
시리다.

뜨거운 커피가 생각나고 두꺼운 이불을 찾는다.

또 겨울이 금방이겠지 생각하면

빠르게 변하는 세상이 아쉽지만,

변하지 않고 안고 가는 것 하나 있으니

지난 시절이 그립고 그대를 보면 아직 설레니

팔월의 끝날을 보내기가 못내 힘이 든다.

선들바람

숲에서 불어오는 바람에는 언제나 서늘함이 있다.

머리를 오싹하게 만들고 가슴을 통과하면 속 시원해진다.

그리고 세상의 온갖 사연들을 실어 온다.

산 중턱에 걸린 구름 이야기도

계곡 좁은 물길의 졸졸거리는 소리도

새로운 종을 찾아 숲속을 헤매는 식물학자의 땀내음도

못다 한 사랑을 찾지 못해 괴로워하는 청년의 한숨도

코트 깃을 세우고 단발머리를 날리며 걷는 소녀가 부르는 노래도.

늦잠

새벽에 살짝 깨었다가
숲에서 불어오는 선들바람이
자장가 불러 주고
어깨를 토닥이면
풀 먹인 이불의 부석거림에
다시 잠이 든다
달콤한 꿈이 찾아온다

강

솟아올라야 산이지
조그마한 잎새라도 흔들어야 바람이고,
흘러야 강이지

구불구불
산과 들판을 지나며 적시고
흙가루와 양분을 받아 나르며
소리 내고, 머물며 썩어도
못내 흘러야 강이지

흙 날라
바다에 차곡차곡 쌓아서
갯바탕을 만들고,
영양물질을 풀어내며
뭇 생명을 살리지

흘러야 강이고,
흘러야 살아있는 거지

보라

이무런 연관이 없을 것 같은
하양도
노랑도
연두도
다 보라에서 나오네!

하얀색을 자세히 들여다보면 보라가 있다.
노란색이 옅어지다 보면 보라가 된다.
연두색으로 식물 줄기가 시작할 때는 보랏빛이 살
며시 비친다.
하늘이 보낸 보라라 그렇다느니
빛의 간섭 때문이라느니
본디 흰색에 보라가 포함된다느니

아무튼 색의 출발이 보라라고 주장하련다.

한겨울의 민달팽이 I

반들반들한 시멘트 바닥을 기어가고 있다.

키틴질 껍데기도 없이

추위를 못 느끼는지

긴 몸을 움츠리지도 않고 끌고 간다.

그 어떤 곳도 거리보다는 더 따뜻했을 텐데

살던 서식지에서 왜 나왔을까?

꿈을 다 잃은 지구 위의 생명들을 대변하는 것인
가?

살아남은 마지막 존재로서

아님, 우울한가?

삶을 포기할 정도로

그러나 슬퍼 보이진 않았다.

외롭지도 않아 보였다.

겨울을 관통하고 있는 맨몸의 기사

한겨울의 민달팽이 II

추운 겨울 아침
차가운 돌멩이 위로
외투 하나 걸치지 않고
긴 맨몸으로 기어가고 있다.

세상의 고민을 다 짊어진 철학자인가?
내일이면 총살당할 혁명가인가?
완성된 작품 하나 없어 좌절한 예술가인가?

매서운 칼바람에도 의연하고 당당하다.
쉬지 않고 직진하여 나아간다.
얼어 죽는 것도 겁내지 않는다.

목련의 순간

흙탕물에서 하늘로 올랐으니
육상의 귀족이 되려는 소원을 이루었다.
그윽한 향기에 깔끔한 용모까지
우아함을 뽐내니 세상 꽃 가운데 홀로 고고하다.
하나 아름다운 자태는 꽃피우자마자 멍이 들고
늦게 난 잎의 시간보다 찰나라니

탁한 물속을 오르내리며
밝고 화려한 색깔을 오래 펼치고
세상 사람들의 온갖 찬사와
부처님의 선택도 마다하고
나무에 높이 올라 세상을 한 번이라도 바라보려는
자유 의지와 도전에 박수를 보낸다.

오래된 숲의 봄

봄이 되어야 알 수 있지
오래된 것이 늙은 것이 아님을
수백 년을 이어온 숲이라야
봄을 어떻게 표현해야 할지를 알지!
사람들이 막 만든 숲에서는 볼 수 없지
온갖 색의 조화를 볼 수 없지
여러 종류의 어린나무를 귀하게
생산하는 오래된 숲이라야 아름답지
변화를 만들어 내지
세상을 지키지

들풀

알찬 씨앗 하나
바위와 콘크리트 틈 사이에
끼여서 억세게 자라야 그게 들풀이지

튼실하고 두꺼운 긴 줄기에
밝고 선명한 꽃 하나 "턱" 올려놓아야
가슴 펼치고 내 꽃이라고 외칠 수 있지

흙바닥에서 곱게 자란 녀석들은
아무렇게 자라서 물과 바람, 이웃
그리고 틈새의 고마움을 절대 모르지

곧추선 줄기에서 씨앗을 날려야
멀리멀리 저 멀리 날아가지
세대를 이어갈 장한 후손을 남기지

외국 풀꽃 정원

사람 손길이 닿지 않은
하천 옆 산책길에는
날마다 풀이 자라는 소리가 가득하다.

따스한 봄볕이 길어지기도 전에

얼었던 땅을 갈라치고
돋아난 새싹들이 아우성친다.

"마구 자라는 잡초!"라고 말하지만,
억센 녀석의 힘 자랑으로 공간 차지와 꽃 피는 차
례가 정리된다.
어느새 외국에서 온 친구들이 나타나 토종을 밀어
내고 있다.
서양민들레, 말냉이, 개망초, 미국나팔꽃, 환삼덩
굴, 가시박 등이 설친다.
점점 동네 질서는 어긋나고 조화는 사라진다.
더는 우리와 함께해 온 종이 보이지 않는다.

천국을 만난 서양민들레

온통 노오란 서양민들레다.
놈들이 언젠가 나타났다고 하더니
거리와 풀밭에서 그놈들만 돋보인다.
계절도 가리지 않는다.
생김새와 크기도 제각각이다.
아무 곳에서나 자리를 잡는다.

원주민을 모두 산으로 밀어내고
터를 잡은 지 오래다.
이게 천국이지, 천국이 따로 있나?
그들의 세상인데 별의별 놈들이
나 "민들레요 서양에서 온" 하며 설친다.
세상 더러워서 살 수가 있나.

누구에게 천국은 누구에겐 지옥이다.

게으른 가드너의 정원

정원에는 늘 꽃이 핀다.

가드너는 미소만 지을 뿐, 소리 내 반기지도 않는다.

또 식물들이 가끔 죽는다.

그것도 그 친구들의 운명이려니 한다.

하룬 "고무나무를 버릴까?" 하고 묻는다.

대답을 안 하자

"그래도 우리와 오래 살았는데

산 생명을 버리는 것은 좀 그렇지?" 한다.

물주기도 가드너의 맘이다.

식물들이 말라비틀어지는데도 태평하다.

그런데 신기한 것은

연탄재가 들어간 화분 흙을 딛고도 몇 년을 버틴

서양 난은 매년 노란 꽃을 피운다.

그러나 어느 날 불쌍하게 죽어서 슬프다고 말한다.

노환으로 돌아가신 먼 친척 할머니 대하듯 한다.

정원에 꽤 많았던 천년초와 석창포가 흔적도 없이
사라지자

그들에게는 애정이 전혀 없었던 것처럼

돌나물 등 다른 새 식구들로 자리를 채웠다.

30살을 더 먹은 그 고무나무를 비롯한

행사 축하용 나무 몇 그루가

어수선한 정원에서 아직도 당당하게 살아간다.

다 게으른 우리 집 가드너 때문이다.

큰방가지똥

아파트 담벼락에 난 좁은 틈바구니에

빼꼼 싹을 내어놓더니 어느새 자라 키가 초등학생
만 하다.

줄기는 억세고, 넓적한 잎사귀에 달린 가시는 강
하고 날카롭다.

물을 좋아하는 이 녀석, 뿌리를 깊게 내려 물 흐름
과 닿았나 보다.

어느 날 휘어진 줄기를 접어 하늘로 꽃대를 바로
세우더니

끝내 반듯한 꽃을 피우고 홀씨를 세상으로 날려
보냈다.

내년 봄에도 녀석들의 강인한 이세를 볼 수 있겠다.

개망초

'망'에 '개'까지 붙었으니 이름치곤 최악이다.

그런데 자생력 하나는 세상 최고다.

한 동네를 뒤덮더니

이내 도시를 점령하고

나라 어느 곳에나 그득하다.

몇 번을 잘라 내어도 밑동에서 새 줄기를 또 낸다.

나라를 망친 亡 망할 놈의 풀이라더니

그새 관리를 포기하고

이젠 "여린 잎은 나물을 해 먹어도 돼!" 할 정도다.

한번 자리를 잡으면 자리를 내주지 않고

우거질 莽이 되니 예쁘기까지 하다.

이러면 나라 풀꽃 아닌가?

2부

/

바다

수억 년 하늘을 떠받치고 있는 너

세상의 고민을 모두 떠안고 있는 너

그리움이 켜켜이 쌓여도 말 한마디 하지 않는 너

그대가 견디어 온 그 무게를 이기지 못하면

다 흩어지고 말 우리

별이 된 산호

분명 꿈은 아니었다.

새벽에 천장 창문으로 먼 하늘이 보였다.

방긋 웃는 그믐달을 따라 별들이 흘러가고 있었다.

배는 밧줄에 매여 멈추어 있었지만 일렁였다.

바다는 우주와 맞닿아 있었다.

온 하늘이 바다에 안겨 있는 것이었다.

오늘은 유난히 산호들이 많이 올랐다.

물을 벗어난 산호들이 바로바로 별이 되었다.

"산호 하나 별 하나"

온갖 색으로 반짝이며 한 자리씩 차지하였다.

하늘에 오른 새 별들이 유난히 많았다.

별들은 지구의 바다를 바라보며 말하는 것 같았다.

"애기 노랑자리돔, 얼룩 해삼, 산호살이 새우야 안녕"

그리고 사람들에게도 한마디.

"우리를 잊지 말아요"

우주 속으로 달을 따라 별들이 흘러갔다.

바닷물도 함께 흘러갔다.

별은 더욱 빛났다.

부디 꿈이길 빌었다.

다시 보자 미야코지마!

내 마음속 용궁은 오키나와였다. 물속이 훤히 보이고 온갖 색깔을 가진 산호가 가득한 바다에 용왕님이 살았을 거라 했다. 집만 한 고래상어도, 날개로 날아다니며 비행하는 만타가오리도. 우주선처럼 나타났다 사라지는 왕오징어 순찰관도, 용궁 출입자를 지키는 초병 모레이일도, 화려하고 다양한 생김새를 가진 용궁의 구성원들은 누구나 각자의 임무를 수행하니 사람들이 이따금 침입해도 안전과 평화를 유지했었다. 수천 년 동안 용궁은 평안했다. 宮古島, 미야코지마는 그 중심이자 수도였다. 대마도와 이키섬 수중이 수온의 공격으로 완전히 변했다는 소식을 듣고 달려갔다. 해조 숲이 다 사라진 것을 눈으로 보고도 믿기지 않았다. 북쪽 변방이 이렇게 무너지니 용궁의 수도는 어떨까 하는 생각에 서둘러 방문하였다. 처참 그 자체였다. 곳곳에 공동묘지가 연상될 정도로 산호 사체가 그득히 쌓여 있었고, 수온과 전쟁에서 처참히 패퇴한 흔적이 바닷속에 가득하였다. 용궁의 성벽인 산호초를 구성하던 산호들이 죽어 갈

때 핏빛 색을 띠며 "부디 우리를 잊지 말아요"했다고 했다. 그런데도 용궁의 부활을 위해 근근이 버티는 생물들을 본다며 수중에 사람들이 몰리고, 미야코지마에 새로운 호텔이 들어서고 있었다. 섬의 또 다른 북쪽 영역인 제주 바다를 지키겠다며 눈물을 뚝뚝 흘리면서 떠나왔다.

대부도

큰 언덕에 올라서면
아침 햇살이 바다를 비추고
모래언덕까지 들어왔던 물이 물러나
반짝이는 갯벌이 광야처럼 펼쳐진다

바람, 서해에서 불어오면
파도가 차곡차곡 접어들고
바닷일 하며 억센 손가락 마디마디마다
흙빛 갯골이 줄지어 새겨진다

배 띄워 바다에 들면
숭어 뛰어올라 반기고
켜켜이 쌓인 사연들이 하늘 날아오르니
내가 자란 섬마을은 꿈속이 된다

문어

지능이 높아

여덟 개의 다리를 각기 다른 방향으로 펼친다.

괴도 뤼팽처럼 망토를 펼쳐

살며시 다가서 먹이를 벼락 치듯 덮친다.

튼실한 근육으로

갑옷으로 무장한 돌게도 단번에 무력화시킨다.

가장 큰 사랑으로

이세를 위해 모든 것을 버린다.

산호초에서 갑오징어와 대화

갑오징어 한 마리가 수중에 정지한 채
주둥이에 달린 다리를 내밀고
큰 눈으로 상대방을 응시하면서
발을 꼼지락거리며 대화를 걸어온다.

바라보고 있다는 것
몸의 색깔과 문양을 바꾸지 않았다는 것
지척에 있는 상대방을 두려워하지 않는 것
할 이야기가 있다는 의미이다.

사람이 신기한 동물로 보인 걸까?
사람이 자신을 해칠 포식자인 것은 아는 걸까?
사람과 대화가 가능하다고 믿는 걸까?
그랬다면
"제발 바다를 위험에 빠트리지 말아 주세요."라고
했을 거다.

해중지 海中地

육지 사이에 놓인 바다라며
수천 년 동안 바다를 경시하고 돌보지 않았다.

바다를 메우고,
바닷물을 오염시키고,
바다 생물을 죽이고,
해수온을 높이고 나서야

이제야 바다, 바다 한다.
바다는 한계가 다한 듯 힘들어하는데
육지를 어머니 품처럼 안은 바다를
이젠 육지가 지켜야 할 때
이번엔 육지가 어머니 바다를 보듬어야 할 때다.
지중해 地中海의 심정으로

내 마음속 심해

걷다 보면 바닷가 그 자리

잔잔하다 못해 장판 같은 바다

파도가 한점 없으니 걸어 들어간들 흔들리지 않겠지!

다만 우중충하게 흐린 하늘이 두렵다.

따라 바닷속 색도 어둡다.

해안서 해저까지는 얼마나 걸릴까?

사람은 누구나 바다 하나는 가지고 있다.

가려고 해 본 적이 없는 그 깊디깊은 해저

수천 미터나 될 것 같은 암흑 속의 그 바닥

누가 그 속을 다 헤아려 볼까?

언젠가 하면서 그 속에 이무기 몇 마리를 키웠지

한발한발 걸어가 보자.

한때 바다풀이 넘실거리고 예쁜 물고기들이 살아

빛났던 공원

큰 문어 한 마리가 눈을 번뜩이며 바위틈에서 숨어,

"1,000미터까지는 내가 안내할까?" 한다.

함께 공원을 지나자 빛은 점차 사라지고 이내 무

광층이 된다.

기이한 신호음이 오가고 온도도 크게 낮아졌다.

얼굴은 얼음과 맞닿아 있는 것같이 시리고 몸은 떨린다.

꿈에서 가끔 보였던 괴기한 수중

바닥에 도달할 수는 있을까?

스멀스멀 다가오는 괴생명체를 느끼며

조금씩 내려앉으며 다신 되오를 수 없을지도 모른다는 두려움이 들자

떠오르는 빛나던 공원과 흰 구름이 떠 있는 푸른 하늘

그리고 찬란했던 시절,

이제야 느낀다.

그대로 두었어야 할 그 심해

끝내 도달할 수 없는 심연

흐린 날 다이빙

어두운 하늘은 큰 파도보다 더 무섭다.
햇빛 들어오지 않으면
해조류의 흔들거림도
괴물체가 건들건들 걸어오는 것 같고
스쳐 지나가는 물고기도 섬뜩하다.

두 둥 두 둥 뭔가 서서히 다가온다.
한참을 내려가다 보면
보글보글 버블의 소리에도
엄습하는 공포가 어둠까지 집어삼키고
주변 생명체들의 작은 움직임까지 들려온다.

프리 다이빙

어디에서 널 만날 수 있나
숨을 참고 참아도 보이지 않는 너
다시 오르자
한 번만 쉬고 내려오자
오르는 순간 저 아래로 보이는 너
다시 찾아 내려갈 수 있을까?

기회를 놓칠 수 없다
한 번 더 뛰어들자
목숨을 걸어야 하는 사랑이라면
마지막이니 행운을 빌어 보자
아래로 내려가면서 가슴이 막히고
머리가 몽롱해지는데

네 모습은 더욱 빛난다
찬란하다
닿을 것 같다

잠수하다

세상의 짐을 다 지고
수중으로 내려선다.
물속에서 평화를 찾는다.
자연의 체계를 알아챈다.
서로가 얽혀 있다는 것을 본다.
그래서 편안하다.
물속으로 뛰어드는 일은
언제나 숭고하다.
낙하하며 평온을 찾는다.
잠이 온다.

동해

깊디깊은 그 속에, 얼음처럼 차가운 물속에, 장엄한 신화가 숨어 있다. 작은 대양을 횡단하던 이들의 이야기가 숨겨져 있다. 거친 바다에서 눈가루 날리는 차디찬 바람을 맞으며 바다를 건너 섬으로 도달하려는 이들의 노래가 있다. 바이갈을 떠나 바다를 헤치고 나아가려는 이들의 거센 숨소리가 남아 있다. 높은 산을 넘고 광활한 대륙을 건너와 만난 그 바다. 고조선인들의 웅대한 이상이 검푸른 물속에 담겨 있다. 동쪽 바다를 우리 곁에서 두지 않으려고 획책하는 그들을 보라. 제 나라를 알지 못해 험한 말을 쓰며, 얼굴을 가리고 사술에 미친 자들을 보라. 우리 바다, 그 조선의 바다를 바라보자. 맑디맑은 바다에 잠겨 보자. 바다를 건너던 선조들의 숨소리를 들어 보자. 신화의 바다를 보듬어 보자.

3부

/

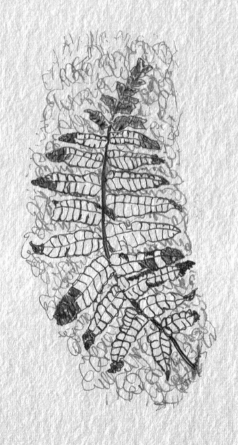

가을이 내게로 쑥 들어와

작년인가? 아마 재작년부터인 것 같기도 하고
길거리를 나뒹구는 색 하나라도 놓치기 싫었다.
샛노란, 온통 노란 거리를 보며
내년엔 더 볼 수 있을까 하는 생각이 들고
또 하늘은 왜 그렇게 푸른지
구름은 어떻고 허허
온갖 사람이 다 보고 싶네
모든 만남이 다 그립네
세상엔 고운 사람들뿐이네
가을이…… 가을이
내 속으로 쑥 들어오네
봄과 다른 걸 왜 이제야 알았는지
봄엔 없는 장엄하고 창연하고 무직하게 다가온다.
그 작은 벗나무 낙엽 하나에서도

말하지, 그랬어

별이 얼마나 많은지 몰라도
지구가 태양 주위를 돌고 있다는 건 알고 있어
바다가 얼마나 깊은지 몰라도
바람을 변화무쌍하게 만든다는 건 알고 있지
지나고 나면 다 알게 되지
그때 그 설렘이 혼자만의 떨림이 아니라는 걸
시간이 지날수록 더 커짐을 그땐 몰랐었네
말하지, 그랬어
그립다 말하지, 그랬어
수천 일이 지나고 멀리 떨어져 있어도
그 눈빛 그 느낌 잊히지 않네
말하지, 그랬어
그립다 말해 주지, 그랬어
좋아한다고 그러지, 그랬어
말해 주지, 그랬어

그댈 찾아 기차여행

배꽃 휘날리는 과수원길을
슬금슬금 기어가는 완행열차
비린내 나는 열차 안에서도
코끝을 스쳐 가는 라벤더 향
산언덕 너머 찔레꽃 울타리 집
긴 치마 긴 머리에 잔잔한 미소
눈 흘겨 바라보네
또 지나가네

김민기론

　검은 스웨터에 검은 바지를 입고 노래하는 모습을 처음 보자마자 그는 나의 우상이 되었다. 그냥 좋았다. 우울해 보였지만 그마저 멋이 있었다. 노래 한마디 가사 한 줄에도 고뇌가 서려 있었다. 그게 뭔지 몰라도 닮고 싶었다. 함께 가슴 아파하고 싶었다. "사람들은 손을 들어 가리키지, 높고 뾰족한 봉우리만을 골라서"

　밤새워 술 마시고 그의 노래를 불렀다. 그것만으로도 독재정권에 저항하는 이들에게 빚을 조금이라도 갚는 것 같았다. 알지 못한 답답함을 이기지 못해 고래고래 소리쳤지. 그러면 알 것 같았지. 허무한 세상살이를, 무지렁이들이 움직이는 못난 세상을, 진실한 사랑이 사라진 공허한 도시를 보며 왜 사냐고 물었지. "아픔 같은 것이 저며 올 때는, 그럴 땐 바다를 생각해 바다"

　전인권이나 양희은만이 이 노랠 부를 수 있지. 다른 이들은 이 같은 설움을 겪은 적이 없었거든. 나도 부르고 싶었다. 수백 번을 불렀어도 그 뜻을 몰랐었네. 우리 집 옆 공원 언덕이 젤 큰 봉우리인 줄. 세상 산을 다 찾아다녔네, 헐레벌떡이며 세월을 보냈지, 그리고 지쳐 내려서곤 했어. 이젠 더 이상 오를 수가 없네. 이제야 알게 되었네.

"여기 숲속의 좁게 난 길 높은 곳엔 봉우리는 없는 지도 몰라, 그래 친구여 바로 여긴 줄도 몰라, 우리가 오를 봉우리는"

데시마 미술관

물이 솟아올라 다른 물과 덩어리를 이루어서 모였다 흩어진다. 여러 곳에서 솟으니 낮은 곳에서는 큰 덩어리는 일렁이며 푸른 하늘 찾아 펴져 간다. 어느새 하늘과 물 바닥이 하나가 된다.

햇빛은 나뭇잎에 잠시 머문 뒤 흰색 굴속으로 빨려 들어간다. 흔들리며 빠져나갈 곳을 찾고 이내 존재를 잃어버린다. 까마귀 한 마리, 소리쳐 하늘의 뜻을 내린다. 스멀스멀 구멍을 찾아가며 가던 물방울 하나가 멈춘다.

괴랄

글자도 생김새가 있는데 생긴 게 요상하다.

그 참, 희한하다.

그 소릴 내려면 입술을 온통 우그러트려야 한다.

그 뜻도 감당키 어려운 게 분명하다.

그러니 한눈에 들어와 잊기도 어렵다.

그래도 입안에서 돌고 돈다.

지랄!

안녕! 단 것

이젠 안녕이다.

모두 다 떠나보내라고 한다.

냉정하게 뒤돌아서 잊으라고 한다.

너무 좋아하는 것과 이별이

오랫동안 익숙한 것과 이별이

힘든 것은 당연

그건 중독이거든

스멀스멀 뇌를 자극해서

가슴 속을 설레게 하고

입꼬리를 살짝 움직여

소리 없는 미소를 만든 거라면

불치병이거든

달콤함이 혀에 닿는 순간 이성을 잃고,

자아를 잊고, 공포도 잊고

세상 무엇과도 바꿀 수 없다고 믿지

맛의 환희로 쾌락의 혼돈 속에 빠지면

자포자기지

아주아주 깊은 사랑에 빠지고 만 거거든

단 걸 매일 찾아 헤매지

온 동네를 다 뒤지지

이젠 한 번만 또 마지막이라 다짐하지

이내 또 미치고 말지

같은 걸 또 반복하지

미쳐야 찐이지

그래도 이별이다.

그래, 어찌 잊겠어

그 느낌은 실핏줄까지 다 기억하는데

그래서 몸을 원격조종도 한 거잖아

그걸 이제야 알았네

그렇지만, 안녕! 안녕! 안녕!

영원히

내 사랑, 단 것

안동 기행

등을 불 마사지하며 풀 먹인 이불을 덮고 잠자게 해 준 고택 종손 며느리를 보며 고향을 그리워했다. 머리 좋은 선비들이 배롱나무를 좋아한 이유를 도저히 이해할 수 없었지만, 병산서원 만대루 기둥이 삐뚤빼뚤한 건 그들의 옹고집 같아 마음에 들었다. 그 널따란 마룻바닥은 낮잠 자기에 최적의 장소였다. 하회마을에 살고 싶은 가장 큰 이유는 한여름에 물 속으로 자맥질을 실컷 할 수 있을 것 같아서다. 안동 찜닭도 양반가에 전승되어 온 전통음식인가 묻고 싶었지만, 식당 주인장의 빠른 손놀림과 무쇠솥 불맛으로 만들어 낸 맛인 것 같아 포기하였다. 조상제사를 모셔 보지 않은 이가 헛제삿밥의 맛을 알까? 더군다나 나물 비빔밥을. 다음 날 아침에 동네 어르신들이 종택에 오셔서는 하신 말씀, "안동도 예전에 좌익이 많았지요." 다 옛일이지. 그래 선비 기질도 종갓집의 위엄도 한 동네 책방의 책들처럼 바래어 가고, 창 너머 논두렁에 비친 봄 햇살이 모처럼 따사롭다.

야곱의 가리비

햇살을 받아서 낳았다 하네
누군가는 하나님이 보냈다고 하고

또 누군가는 온 우주가 그 속에 담겼다고 하네
널따랗게 펼쳐진 바닥 한가운데에서 인류가 탄생
했다고도 하고

세상 끝에서 누군갈 구원을 해 주었다고 하네
살이 크고 맛있으니 넉넉히 한 생명을 살리고도
남지!

기나긴 황무지를 걸어서 온 헐벗은 이가 찾아낼 걸
누구는 태초부터 알고 있었나 보다

뭇사람들이 가리비를 따라 산티아고로 걷지
거리에도 골목에도 언덕에도 들판에도
난 그 길을 끊임없이 따라가지
붉은 포도주를 조가비에 받아 들고 다시 일어서지

어찌 이것 하나가 산티아고 가는 길을 인도할까?

그 작은 것이 어떻게 세상을 품었을까?

벽이 훌쩍인다

세상에서 혼자뿐이라고 느끼는 것처럼 무서운 것은 없다. 방바닥이 절로 꿀럭꿀럭이며, 벽이 통곡하고 있다는 것을 누가 알까? 혼자 산다고 다 외로운 건 아니다. 격리되어 있어서도 아니다. 희희낙락거리던 친구들이 그리워서도 아니다. 칭찬과 애교 그리고 아부가 넘쳐 나도 내가 날 오해하면 마주할 수 있는 건 벽뿐이다. 내 속의 또 다른 나와 대화로는 풀 수가 없는 문제다. 들어 줄 수 있는 내가 없다. 타인을 원망해도 되질 않는다. 이럴 땐 기도보다는 저주가 마냥 더 정겹다. 공허함으로 휘둘릴 때 거울 앞에서 본다. 처절한 외로움으로 발갛게 벗겨진 모습을 바라본다. 벽이 따라 훌쩍이기 시작한다.

생각 바꾸기

손익계산을 하고
경우의 수를 검토한 다음
수많은 상대방의 대화법을 익히곤
말하면서 남는 일인지를 따져 보고는
생각을 정리하는 얄팍한 기술

호우경보

더 센말이 없다.

더 분명한 메시지가 있을 텐데

"위험하니 집 안에만 있어라!"든가

"다른 동네로 피하라!"든가 하는 단어!

'경보'는 그냥 가벼운 경고 아닌가?

"사람들에게 알아서 선택하라!"라는

또는

"분명 알렸습니다."라는

어떤들

작은 마을 골목 사이로
두 사람이 빠르게 뛰어가고
억센 비를 머금은
먹구름이 하늘 가득 뒤덮었다

작은 흔들림에도 풍뎅이가 날고
나비는 한적하게 사뿐사뿐 나는데
바람 한 점 없는 날
나무 밑에 누워 무료함을 달랜다

보기 싫은 이와 만나
머리론 딴청을 부리고
입으로만 꾸려 가는 대화
상대방이 눈치채기 전에 일어선다

멀미에 초주검이 되었고
아직 뱃길이 한참 남았는데도
건너편 여인을 자꾸 훔쳐보네

눈치를 채고 "미친놈" 한다

세상일을 어찌 다 맞추며 사나
매일 부끄럽고 민망한 일들을
자네도 나도 비슷하게 겪네만
참 오랫동안 어떤들 하고 지낸다.

누아주

판을 찢으니 속살이 보이고
꼬아 올리니 입체가 된다
비튼 8자라니 아래와 위가 같은 건가
어느새 우주가 열린다.

바라봐 주는 꽃이 좋다

활력이 넘치고 꼿꼿이 서 있는 기상이 좋다.

여러 송이가 모여 함께 짓는 미소가 좋다.

바람에도 휘청거렸다가도 바로 곧추 서서 좋다.

푸르름이 가득한 잎사귀들을 달고 있어 좋다.

변하지 않고 바라봐 주는 네가 좋다.

순백이 아니어서 더 좋다.

분명

아주 좋아했지

그렇지만 손 한번 못 잡았으니

그냥 사랑은 아니지

밤새 잠 못 이루고 뒤척이긴 해도

마주치면 속으로만 설레고

온갖 이야기 다 나누었으니

멀리서 바라만 보는 짝사랑도 아니지

"다음에 봐요"라고 말하고

더 못한 그 한마디가

평생 지워지지 않은 채 남아 있으니

향내는 더욱 짙어지고

입안에 머물다 머릿속 이곳저곳을 떠도네

너무너무 좋아해서

그저 말 한마디 안고 살지

변하지 않은 분명 참사랑이지

고독

앙상한 얼굴에 굵은 주름이 가득하다.

분노와 회한이 주름살의 골을 깊게 팠다.

누렇고 탁한 눈에는 날이 섰다.

내장 속까지 깊숙이 빨아들인 니코틴도

장기를 돌아 나올 땐 회백색 연기뿐

처절한 고통이 죽음까지 막고 있다.

농무

- 신경림 시집 '농무'를 읽고 -

세상에는 농무를 아는 세대와 그렇지 않은 세대가
있다.

두 세대는 서로 교감을 나누지 못한다.

농무를 모르고 나이만 먹은 그들이 세상을 망치고
있다.

의미 없는 친일을 하고 있다.

아버지

내 얼굴에 아버지가 있네
그 정을 이제야 아네
아버지와 그 아들의 딸과 아들이 함께 있으니
또 다른 내가 남는 거네
무엇이 두려울까?

몰락

완벽한 몰락은

처연한 사랑의 결과

그리고 죽음까지 가는 것임을

다 알고 저지르는

생명까지 거는 선택의 결과

중독

끝내 나을 수 없지

그러니 진정한 사랑도 중독이지

"죽도록 사랑한다."라고 하지 않는가?

죽어야 비로소 벗어나지

그래서 중독이지

쉬머

인생이란 빛을 만들고 따라가는 길이다. 오래 가는 빛이 있다면 희미해도 그 빛을 따르겠다. 세상을 환하게 비출 만큼 밝은 빛이라도 사람들의 눈을 부시게 하면 위험하다. 온갖 도구와 기술을 가지고 큰 빛을 만들어 내면 혁명이 되고 말며, 그 혁명이 실패하면 어둠 속으로 빠진다. 오랫동안 꺼지지 않고 자신이 보이게 비출 수 있는 촛불이면 충분하다. 멀리 있는 이웃들의 빛을 확인할 수도 있으니 말이다. 그 작고 희미한 빛들도 모이면 독재자를 물리칠 수도 있다. 또다시 암흑의 세상으로 되돌리지 않아도 된다. 작지만 꺼지지 않은 빛이 되겠다.

Free Bird

새들아,
나는 게 다 자유가 아니란다.
나는 것이 분명 특별한 일이지만
네 할 수 있는 수많은 일 중에 하나란다.
아주 높이 나는 일도
숲속 나무들을 비켜 가며 비행하는 일도
물속의 먹이를 잡는 일도
네가 선택할 수 있단다.
부디 자유로운 새가 되어라,
고난과 갈등을 겁내지 마라.
평화와 배려가 있는
세상을 위해 싸워라.

먼발치

가까이 본다고 더 잘 아는 것은 아니다.

보이지 않을 정도로 너무 멀리 떨어져서도 안 된다.

설레게 만드는 한계 거리가 있다.

그것이 '먼발치'다.

그대라는 단어도 바로 그 지점부터 시작된다.

마음에 가는 거리도 그 안쪽이어야 한다.

포옹한다고 다 사랑이 깊어진 것은 아니다.

손끝만 스쳐도 온몸에서 회오리가 돌기도 한다.

울렁이는 눈의 거리가 있다.

그것이 '먼발치'다.

하고픈 말을 찾아내는 바로 그 간격이다.

성급한 흥분을 가라앉힐 수 있는 몇 발자국이다.

4부

/

쑥 막걸리

　관매도에 들어서면 온통 막걸리 생각뿐이다. 그
집을 잘 몰라도 향을 따라가면 순이네 집이 나온다.
어르신 이름 같기도 하고, 시집가 녹녹하지 않은 삶
을 살아가는 진도 큰딸 이름 같기도. 쑥색 미숫가루
죽 같다. 쑥 가루인가? 뭔 조환지는 몰라도. 내장을
휘 뒤집고 머리를 환하게 하는 알코올기와 걸쭉함의
조화에 다섯 남자는 미친다. 70년 인생이 만들어 내
는 맛과 향. 어떤 섬에도 없는. 언젠가는 한 잔으로
흘러내리는 땀을 닦아 주었고, 또 언젠가는 도시 때
를 말끔히 씻어 주었다. 우리 마음속의 술. 내년 봄엔
쑥 막걸리 한 통 사 들고, 다시 한번 그 통한의 바다
로 가야겠다.

윤슬

올해도 그 바다로 갔다.

아무도 오가지 않는 바다로 갔다.

맹골수도, 통한의 바다

짙은 회색의 바다

하늘과 하나가 되었다.

섬을 벗어나자 금세 흙색이 되었다가 진초록으로
변했다.

또 잔잔하던 수면이 계곡물처럼 굉음을 내며 거칠
게 흘렀다.

한여름인데도 냉기가 온몸을 휘감았다.

그러다가 울렁울렁 물결이

금방 큰 너울이 되어 몰아붙이며 시비를 걸어왔다.

한참 후 그곳에 도착하자 하늘이 열렸다.

잦아진 파도는 푸르고 반짝반짝 빛을 내기 시작하
였다.

단팥빵, 새우깡, 바나나 우유로 상 차리고, 생막걸
리 한 잔 올리며

큰 소리 내어 "유세차…!" 하자

멸치 배들은 늘어서 향 피우고,

바다제비 떼 날아와 노란색 촛대를 휘돌았다.

수면은 더욱 빛을 내며 잔물결로 미소 지어 답했다.

"안녕!", "안녕!"

미안해요

"크기가 들쑥날쑥해서 미안해요."
따뜻한 국물이 더 필요한 시멘트 바닥 어머니들에게
어린 주먹밥 배달원들이 또 말한다.
"저희가 할 수 있는 것이 이것뿐이라 미안해요."
주먹밥 바구니에 담긴 덩어리는 밝게 빛나고,
건네는 손길은 따뜻하다.
"중학생이라 그렇지만 더 크면 이런 일이
절대 일어나지 않게 할게요. 미안해요."
주먹밥에는 예쁜 사랑과
큰 눈물방울이 배어 있다.

흔들리는 꽃

땅끝에서 섬으로 들어서자
하늘은 꿈틀꿈틀 먹구름을 모으고,
억센 비바람을 만들어 훑고 지난다.
굽이굽이 돌아가는 언덕길은
끊임이 없이 이어지고
짭짜름한 짠 내는 점점 더 강해진다.
암흑천지에 돋보이는 건
가늘고 긴 줄기 끝에 앉은
작고 노오란 별꽃뿐
세차게 흔들려 누어도
꺾이거나 뽑히는 줄기 하나 없다.
오히려 더 빛나고 생생하다.

한별

누군가는 알고 있지
누군 보았다고 하지
본 적도 들은 적도 없어도 누구나 아는 하나
아주 크고 빛난 별이 하늘 바다에 잠긴 것
은하수를 다 담고 푸른 별 지구를 내려보지
모든 세상 사람들 몸 한 곳에 숨어 반짝이지
누군 온갖 꿈과 소망을 가슴 가득 두고 갔다고 하고,
어떤 이는 엄마 품에는 맑은 눈을 가진 소년을 남
겨 두었다고 하고,
또 다른 사람들은 아빠 어깨에 예쁜 팔 어깨걸이
가 놓였다고도 하고,
사랑하는 친구에게는 향긋한 손 내음을 뿌리고 갔
다 하네,
한 할아버지는 어린 새끼를 맴 속에 담았다고 하
지……
잡히진 않아도 가까이 느껴지는 곳에서 바라보지
그리움과 애틋함이 에너지가 되어 온 세상 사람들
과 소통하지

외국 친구, 이모와 고모, 학교 선생님, 동네 슈퍼
아저씨,

잔소리쟁이 옆집 할머니에게도 소식을 전하지

슬픔으로 쳐다보면 환한 미소로 바라보고

절망을 노래하면 희망으로 답하지

어두운 거리로 나서면 길을 밝혀 주지

혼자 집을 지키는 아이들에게 줄 도시락을 천사에
게 시키지

우린 모르지 않지

모른 척하지만 우린 모두 알고 있지

큰 별 하나가 우리를 지켜 준다는 것을

언제나 우리 곁에 있다는 것을

꿈꾸는 소녀

도저히 믿기지 않게 활짝 개었다.
밤새 거세게 내리던 봄비를 보낸 다음에야
물 머금은 가지 사이로 빠져나간 햇살은
벚꽃잎 카펫을 만나 반짝인다.
봄바람이 살랑댄다.
화정천에는 순간 꽃비가 쏟아진다.
초록 스펙트럼 속에서 수많은 연분홍 점들이
저마다의 궤적을 가지고 낙하한다.
화랑호수 갈대들도 새 촉을 밀어내고
겨울잠에서 깨어난 잉어들의 꿈틀거림도 커진다.
학교 가는 길은 온통 꽃동산이고,
꽃길이다.

언제나 마술을 펼친다.
가을 나무들은 매일 다른 옷으로 갈아입거든
빛살들은 잎사귀를 투과하면서 온갖 조화를 부린다.
갈바람이 스치면 잎은 날고,
소녀를 꿈속으로 이끈다.

레디쉬, 부라우니쉬, 옐로위쉬 리브스라고 읊조리며,

화려한 카펫을 밟는 영화배우가 되고,

화가가 되고, 패션 디자이너가 된다.

푸른 하늘은 뭉게구름을 몽글몽글 만들어

그 꿈을 높게 띄운다.

집으로 돌아가는 길은 요술공원이고,

꿈결이다.

늘 그곳에 서 있지

우리 동네 길모퉁이에 가끔 서 있지
그곳엔 친구들의 왕국이 있었거든
어느 누구도 넘보지 못했던 영토였지

방 안에도 누워 있어
형의 일기도 훔쳐보고,
레슬링 하며 흘렸던 땀내를 맡아 보기도 하지
우리 둘만의 전쟁터였고, 꿈터였거든

좋아하는 이들을 지켜보고 있어
친구들과 세상일을 살펴 가며 바라보지
못된 사람들을 몰래 혼내 주고,
어렵고 힘든 일도 풀어내곤
우리 반 친구들과 깔깔대기도 하지

팔짱을 끼고 아빠를 걱정스레 바라보곤 해
어쩌다 어깨걸이도 하고,
키가 더 크면 꼭 해 보고 싶었거든

"힘내세요!" 소리도 지르지

늘 서 있지
엄마 옆, 또 뒤에서

5부

1

슈퍼밴드

함께 노래하고 춤을 추는 관중들과 하루를 보낸다. 시끄러운 음악에 몸을 맡기고 황홀한 시간을 보낸다. 세상을 아름답게 만들고, 사람들이 행복한 세계를 꿈꾼다는 가사처럼. 천국이 분명 바로 여기였는데. 이제 지상으로 돌아가야 한다. Knock knock Knockin' on heaven's door 오늘도 두드린다. 구원해 줄 누군가를 오늘도 기다린다. 주위를 둘러본다. 열광하여 소리치던 사람들, 우릴 올려 보내려던 사람들. 내일이면 다른 밴드를 찾아 떠나겠지. 우린 또 다른 천국을 찾아가야 하네. 어딘지 몰라도, 어디라도. 그래, 다시 태어나도 이 삶을 살 거다. 연주하는 동안은 거짓 없는 삶이니까. 젤 빛났으니까. 최고니까. 슈퍼밴드였으니까.

첫눈

눈이 내리면
첫눈이 오면
추억이 함께 내려앉네
보고픈 이가 그려지네
못다 한 그리움이 쌓이네

하늘하늘 내리는 함박눈
설렘도 뭉글뭉글 부풀어지네
두근두근 심장도 바빠지네

첫눈이 내리면
하얀 눈이 쌓이면
온갖 세상일을 다 잊고 마네
그리운 이가 살포시 다가오네
아름다운 그 모습을 다시 보게 되네

못내 그리우면 애타게 그리워하라
너무나 보고프면 소리쳐 불러 보라

첫눈이 그것을 다 실어 가게

첫눈이 그것을 다시 가져오게

새벽부터 내리는 비

주룩주룩 내리는 비

투덕투덕 나뭇잎을 때리며 아침을 여네

그대가 속삭이며 이불 속을 찾아 들어와 간지네

Early morning rain 그대를 데리고 오네

상큼한 향기와 따뜻한 미소를 띠며 오네

Early morning rain 그대가 다시 돌아오길

연둣빛 원피스에 노란 우산을 들고 오길

비가 그치지 않길

아침이 지나가지 않길

그대가 돌아오길

그대가 잊히지 않길

그래그래 우리 동네

좁은 골목
주차할 자리 넉넉하지 않아도
아이들 먼저 살피는 동네
함께 마음 모아 카페도 열고,
마을연구소도 만들었어요.

쉬운 게 없어 힘을 모았죠
배우는 것 많아 신나죠
우리 동네가 밝아지네
조금씩 조금씩
그래그래 그게 우리 동네지

이웃 많고
의견이 달라, 서로 가끔 다투어도
두 손 마주 잡고 보듬는 동네
함께 뒷산 습지 살려 내고
숲속 길도 만들었어요.

힘든 게 많아 힘을 모았죠

함께 어깨동무하니 신나죠

우리 동네가 밝아지네

조금씩 조금씩

그래그래 그게 우리 동네지

그래그래 그게 바로 우리 동네지

성태산

우리 동네 안아 주는 성태산
시원한 바람 솔솔
맑은 공기 뿜뿜
작은 새들 조잘조잘
봄, 여름, 가을, 겨울
다 좋아요!
다 예뻐요!

아이들에겐 즐거운 놀이터
엄마들에겐 재미있는 수다 마당
아빠들에겐 튼튼 운동장
그렇지, 어르신들에겐 건강 숲

동네 사람 반겨 주는 뒷산
시원한 바람 솔솔
맑은 공기 뿜뿜
작은 새들 조잘조잘
봄, 여름, 가을, 겨울

참 좋아요!

참 예뻐요!

함께 가자! 한반도

가자! 가자!
큰 나라로 달려가자!
저 멀리 높은 곳에 있는
옛 나라로 찾아가자!

오천 년 동안 꾸어 왔던
꿈을 펼쳐 보자
함께 가자 한반도여
함께 만들자 통일 한국

가자! 가자!
대륙으로 달려가자!
선조들이 살았던
큰 나라로 찾아가자!

가자! 가자!
한숨에 내달리자!
함께 가자 한반도여
함께 세우자 하늘나라

해설

생명, 시인의 마음이 가닿고 머무는 곳

박상천

시인, 한양대 명예교수

시는 언어를 사용하지만 그 언어는 일상의 언어와
는 다르다. 그래서 시의 자간과 행간 사이에 그리고
시 전편에는 숨어 있는 것들이 참 많다. 그 속에는 시
인의 삶이 담겨 있을 뿐 아니라 가치관, 세계관과 같
은 세상을 보는 눈이 함께 담겨 있다. 동양에서는 서
경(書經)에 나오는 시언지(詩言志)라는 말을 시의 첫
째 정의로 여겨 왔다. 이 말은 '시란 뜻을 말로 풀어
낸 것'이라는 의미인데, 여기서의 지(志)란 글쓴이의
마음 속에 있는 생각, 지향점, 감정을 모두 포괄적으
로 가리키는 말이다. 그러므로 어떻게 보면 시인의
마음이 가닿고 머무는 곳에 그 시인의 시가 있다. 그
런 의미에서 보면 시집을 읽는 일은 시인의 삶을 엿

보는 것이기도 하지만 더 나아가면 그 삶에 가닿는 일이기도 하다. 삶에 가닿는다는 것은 시인의 삶을 이해하는 것이기도 하고 그가 꾸는 꿈에 공감하는 일이기도 하다. 그래서 이번에 시집을 내는 제종길 시인의 시집을 읽으면서도 그의 삶에 가닿기도 하고 그가 꾸는 꿈에 공감하기도 했다.

제종길 시인의 첫 시집 『말하지, 그랬어』에는 여러 유형의 시들이 있는데, 대다수의 시들은 서정성이 강한 계열이다. 시집의 제목이기도 한 〈말하지, 그랬어〉에서는 '그립다 말하지, 그랬어/수천 일이 지나고 멀리 떨어져 있어도/그 눈빛 그 느낌 잊히지 않네 (〈말하지, 그랬어〉)'라고 지난 추억 속의 시간을 안타까워하고 그리워하는 감정을 잘 드러내고 있듯, 이러한 유형의 시들이 많은 분량을 차지하고 있다.

가까이 본다고 더 잘 아는 것은 아니다.
보이지 않을 정도로 너무 멀리 떨어져서도 안 된다.
설레게 만드는 한계 거리가 있다.
그것이 '먼발치'다.
그대라는 단어도 바로 그 지점부터 시작된다.
마음에 가는 거리도 그 안쪽이어야 한다.(〈먼발치〉)

이 시에 눈길이 가는 것은 사랑을 '먼발치'라는 단어를 통해 새롭게 해석해 내고 있기 때문이다. 좋은 시의 덕목 중 가장 앞자리에 놓을 수 있는 것은 새로운 관점을 통해 사물과 우리 삶을 꿰뚫어 보고 그에 대한 새로운 해석을 내놓는 것이다. 그래서 시인 랭보는 '시인은 견자(見者)'라고 했던 것이다. 견자는 단순히 보는 사람이라는 뜻이 아니라 숨겨진 본질을 꿰뚫어 보는 사람이라는 의미이다. 제종길 시인은 사랑의 본질을 가깝지도 않고 멀지도 않은 그곳에서 시작되는 것이라는 새로운 관점으로 바라보고 그것을 '먼발치'라는 단어를 가지고 해석해 내고 있다. 사랑에 관한 시들은 참 많지만, '먼발치'로 해석한 것은 오롯이 제종길 시인의 몫이기 때문에 그만큼 의미가 있다.

시집 전체에서 이러한 서정시 계열이 많은 부분을 차지하고 있지만, 또한 내가 그의 시를 읽으면서 마음이 가닿고 그가 꾸는 꿈에 공감하기도 했던 시들은 그의 '생명'에 관한 시들과 그 생명의 본질을 '공존과 공생'으로 바라보고 그러한 공동체를 이루고자 소망하는 시들이었다.

제종길 시인의 시집 『말하지, 그랬어』의 맨 처음에 수록된 시는 〈초여름 숲속 길〉이다. 시집 맨 앞에 수

록된 이 시의 제목처럼 제 시인의 시집을 통해 내가
만난 것은 그 숲길을 걷는 시인의 삶이었다. 그 숲길
속에서 시인의 눈길이 가닿는 곳은 생명이고, 마음
이 머무는 곳도 역시 생명이다. 그가 초여름 숲속을
걷는 이유도 결국 거기 생명이 있기 때문이다. 다양
한 생명체들의 '소리소리 없는 아우성으로 가득'한
'초여름 숲속 길'은 제종길 시인의 시집 전편에 흐르
는 그의 세계관을 잘 드러내고 있다. '온갖 생명들이
쉴 새 없이 발산하는 에너지는 쑥쑥 온 산을 움직일'
뿐 아니라 시인 자신도 그 에너지를 얻어 삶을 충만
하게 한다.

그의 시집에 실린 시의 제목들만 일단 살펴보아도
그의 삶이 생명에 대하여 얼마나 많은 관심을 가지
고 있는지 알 수 있다. 소나무, 제비꽃, 토마토, 민들
레, 수국, 큰방가지똥, 개망초와 같은 식물들에서부
터 매미, 문어, 갑오징어, 가리비 심지어는 초파리나
민달팽이까지 수없이 많은 생명체들이 나오고 시 안
으로 들어가면 더 많은 생명들을 만난다. 그리고 그
생명체들이 사는 숲과 바다는 제종길 시인의 시에서
매우 중요한 배경이 된다.

주말농장 밭에는 채소로 등록되지 않은 풀들로 무

성하다. 어떤 풀은 초미니 연노랑 꽃을 피워 이랑을 장식하기도 하고, 또 다른 풀은 나도 채소가 될 수 있다며 보아 달라고 애원한다. 흙 위로 개미들의 발걸음이 부지런하고, 땅강아지가 흙덩어리를 밀쳐 내는 모습도 보인다. 한여름 짧은 장맛비에도 흰나비는 한가롭게 꽃밭을 오간다. (〈한여름 채소밭〉 일부)

시인은 도시농부가 되어 상추, 치커리, 고추, 천연초, 완두콩, 호박, 가지 등 다양한 채소들을 하나 하나 들여다보며 그들이 자라나는 모습을 뿌듯한 마음으로 바라보고 있다. 하지만 그의 시선이 더 따뜻하게 머무는 곳은 먹거리 채소보다는 그냥 솟아난 풀들과 그 사이를 부지런히 오가는 개미와 땅을 일구는 땅강아지 그리고 그 위를 한가로이 날아다니는 흰나비이다. 이곳이 바로 모든 생명체들이 어우러진 생명의 현장이기 때문일 것이다. 〈초여름 숲속 길〉에서 '온갖 생명들이 쉴 새 없이 발산하는 에너지는 쑥쑥 온 산을 움직인다'라는 시의 구절에서도 역시 생명체들이 발산하는 생명의 에너지를 온몸으로 느끼며 받아들이고 있듯 제 시인은 모든 생명들이 연결되어 내뿜는 생명성을 자신의 시의 핵심적 모티브로 하고 있다.

생명의 에너지는 강인함이나 끈질김에서 가장 크게 느껴진다. 화려하거나 당당하지 않지만 '썩은 낙엽 조각들을 뚫고 나온'(〈제비꽃Ⅰ〉) 또는 '쓰레기와 썩은 나뭇잎도 마다하지 않고/누구도 찾지 않는 땅에 터전을 마련한'(〈제비꽃Ⅱ〉) 제비꽃이나 '추운 겨울 아침/차가운 돌멩이 위로/외투 하나 걸치지 않고/긴 맨몸으로 기어가고 있'는(〈민달팽이Ⅱ〉) 민달팽이 그리고 '암흙을 뚫고 나와 빠득빠득 하늘 에너지를 받아 내어/뭇 생명을 살'(〈풀〉)리는 풀들에게 시인의 시선이 유난히 머물고 있음을 볼 수 있다. 이는 모두 생명의 강인함과 끈질김을 잘 보여 주고 있고, 시인은 생명의 그러한 모습에 감동하며 거기서 삶의 에너지를 얻고 있다는 것을 알 수 있다.

알찬 씨앗 하나

바위와 콘크리트 틈 사이에

끼여서 억세게 자라야 그게 들풀이지

(중략)

흙바닥에서 곱게 자란 녀석들은

아무렇게 자라서 물과 바람, 이웃

그리고 틈새의 고마움을 절대 모르지 (〈들풀〉)

〈들풀〉이라는 이 시는 틈새를 비집고 올라온 들풀을 바라보며 강인함을 들풀의 본질로 보고 있다. 그것이 바로 생명이 가진 힘일 것이다. 그러나 시인은 단지 생명의 강인함만을 보고 있지는 않다. 시의 마지막 부분에 가서는 '흙바닥에서 곱게 자란 녀석'과 틈새를 뚫고 올라와 자란 들풀을 대비해서 바라보고 있다. 이러한 대비는 우리들 삶의 한 모습을 보여 준다. 이 시가 우리들의 삶을 비유적으로 표현하고 있음을 알 수 있는 부분은 시에 나오는 '이웃'이라는 단어일 것이다. 흔히 금수저로 비유되는 가진 자들은 '흙바닥에서 곱게 자란 녀석'들일 테고, 틈새를 비집고 살아 나와 강인하게 자라는 들풀은 오히려 자신이 처해 있는 '틈'과 자신에게 주어진 삶의 환경인 '물과 바람'의 고마움을 느낄 뿐만 아니라 나아가 함께 어깨를 겯고 살아가는 이웃을 소중하게 여기게 된다는 것이 시인의 생각일 것이다. 이러한 생각은 다음의 시에서도 느껴진다.

장대비가 누워서 날아가는
거센 바람에도 밤새 잘 버티었네
실뿌리까지 덜덜덜 떨며 고리 걸어 지냈나 보다
(〈바람 분 다음 날 아침 숲길〉)

시인은 아침 숲길에서 밤새 거센 바람에 온전히 생명을 유지하고 있는 풀들을 보며 그 끈질김과 강인한 생명력에 감동한다. 그리고 그들이 그 어려움을 이겨 낸 것은 서로의 실뿌리를 고리 걸어 견뎌 냈기 때문이라고 생각한다. 가느다란 실뿌리를 고리로 끈끈히 이어 거센 비바람을 견디는 것은 숲속 풀만이 아니다. 이 역시 우리들의 삶의 모습인 셈이다. 연약한 실뿌리이지만 이웃과 함께 서로 고리를 만들어 걸면 결코 연약하지 않은, 뽑히지 않는 생명으로 살아갈 수 있다는 것을 보여 준다. 시인은 숲길의 풀만을 보는 것이 아니라 실뿌리를 서로 고리 걸어 살아가는 그 이면까지를 들여다보고 있기 때문에 시는 더 큰 생명력을 얻는다.

그의 시는 생명으로부터 출발했지만 생명의 원리라 할 수 있는 공존과 공생의 삶의 아름다움을 시 여기저기에서 드러내고 있다. 공존과 공생의 삶을 보여 주는 시는 많다. 〈기어 자라는 토마토〉 역시 그러한 삶이 잘 드러나고 있는 시이다.

게으른 농부는
토마토를 눕혀 키운다.
흙살에 지지대를 박는 것이 왠지 싫고

이런저런 풀들을 뽑아내지 않아서 좋다.

식물도 다른 동식물과 서로 돕고 사는

공존과 공생을 방해하지 않아야 한다는 핑계도 있다.

땅 냄새를 바로 맡으며 크는 토마토 줄기와 가지는

점점 억세지고, 마디 옹이는 굵어진다.

가지 끝 촉수는 더듬더듬하며 사방팔방으로 뻗어

나간다.

어느새 바닥은 녹색 천지가 된다.

다른 동식물은 이때라며 그 속에 자릴 잡는다.

풀섶 위에 놓인 토마토 알은 상처 날 염려가 없고,

거친 잎사귀를 갉으려는 벌레는

천적의 공격을 겁내 다가오지 않는다.

오래된 알은 농액이 되어

토마토 숲속 거주자들의 식량이 되고,

이들이 오가는 땅은 기름기가 넘친다.

늦여름 토마토밭은 다양한 주민들의 도시가 된다.

게으른 농부는 작지만 단단하고

풀 향 가득한 토마토 알을 생산한다.

(〈기어 자라는 토마토〉)

이 시에서 시인은 자신을 게으른 농부라 칭한다. 토마토 수확량을 늘리고 씨알을 더 크게 키우기 위해서는 당연히 지지대를 세워야 하고 주변의 풀들을 뽑고 거름도 주어야 한다. 그러나 '게으른 농부'는 토마토가 땅을 기어가며 자라도록 그냥 둔다. 단지 게을러서가 아니다. 토마토가 땅을 기어가며 자라도록 됐을 때 자연의 생명 원리인 공존과 공생이 이루어진다. 비록 수확량은 적고 씨알도 잘겠지만 '오래된 알은 농액이 되어/토마토 숲속 거주자들의 식량이 되고,/이들이 오가는 땅은 기름기가 넘친다./늦여름 토마토밭은 다양한 주민들의 도시가 된다.'는 시 내용처럼 시인은 자연이 공존하고 공생하며 어우러져 사는 삶의 모습을 보며 그렇게 살기를 꿈꾸고 있다. 그러한 삶 속에서는 씨알이 좀 작으면 어떻고 수확량이 많지 않으면 어떠랴. 그래도 그렇게 키워 결실을 맺게 되면 '단단하고 풀향이 가득한' 토마토가 되기 때문이다. 이처럼 그의 시에는 공존과 공생의 삶을 지향하는 모습이 잘 담겨 있다. 이렇게 공생의 삶을 지향하는 모습은 농사를 짓는 일에만 머물지 않는다. 〈그래그래 우리 동네〉는 마을 공동체를 지향하는 시인의 가치관을 보여 주고 있다.

이웃 많고

의견이 달라, 서로 가끔 다투어도

두 손 마주 잡고 보듬는 동네

함께 뒷산 습지 살려 내고

숲속 길도 만들었어요.

힘든 게 많아 힘을 모았죠

함께 어깨동무하니 신나죠 (〈그래그래 우리 동네〉)

　자연의 생명 원리인 공존과 공생이라는 지향점은 어느덧 마을 공동체에 와닿아 있다. 여러 사람이 모인 공동체에는 갈등도 있지만 결국은 서로를 보듬고 어깨동무하는 모습은 시인이 지향하는 지점이다. 자연의 가장 중요한 생존 원리인 공존과 공생을 인간 사회에 실현하고자 하는 것은 시인의 꿈이다. 제종길 시인은 안산시에서 국회의원도 지냈고 시장도 역임했다. 정치라는 척박한 상황에서도 그는 어쩌면 이러한 공존과 공생의 공동체적 삶을 꿈꾸었을지 모른다. 물론 그러한 공동체의 꿈은 한 사람에 의해 성취되기는 어렵다. 어깨동무하는 사람들, 서로 보듬어 주는 사람들이 함께해야만 이루어지는 일이다. 이러한 공동체의 꿈을 꾸는 시인이 현실 정치와 맞

닥뜨렸을 때, 그의 삶이 참 외로웠으리라는 것은 짐작이 가고도 남는다. 그래서 이제 시민으로 돌아와 자신이 꾸던 꿈을 시를 통해 조금씩 성취해 가려는 시인의 새로운 삶은 그래서 더 의미가 있다.

시집의 제4부는 우리 모두의 슬픔인 4.16 세월호 참사로 스러져 간 안타깝지만 아름다운 생명들을 기리는 시들로 이루어져 있다.

어떤 이는 엄마 품에는 맑은 눈을 가진 소년을 남겨 두었다고 하고,

또 다른 사람들은 아빠 어깨에 예쁜 팔 어깨걸이가 놓였다고도 하고,

사랑하는 친구에게는 향긋한 손 내음을 뿌리고 갔다 하네,

한 할아버지는 어린 새끼를 맘 속에 담았다고 하지……

잡히진 않아도 가까이 느껴지는 곳에서 바라보지

그리움과 애틋함이 에너지가 되어 온 세상 사람들과 소통하지 (〈한별〉)

형언할 수 없는 그 슬픔의 현장에서 떠나간 아름다운 생명들은 엄마품에, 아빠 어깨에, 할아버지의

맘에, 친구의 손에 안타깝고 애틋한 사랑의 흔적들을 남겨 두었지만 그 흔적은 그 유족이나 지인들에게만 남겨진 것은 아닐 것이다. 시간이 많이 지난 지금도 우리 마음에는 그리움과 애틋함이 남아 있다. 그 시간만 돌이켜 보면 아직도 가슴이 먹먹한 까닭이다.

사실 제종길 시인이 오랜만에 전화를 걸어와 시집을 내고 시인으로 살겠다면서 해설을 부탁했을 때 내가 그러마하고 얘기했던 것은 세월호 참사 영령들을 모신 분향소에서 새벽에 그를 만났던 그 기억이 너무 생생하기 때문이다. 세월호 참사로 희생된 분들의 임시 분향소가 안산에 차려져 있던 때였다. 나는 그때 서울에 살면서도 새벽 일찍 집을 나서 분향소에 들렀다가 학교를 가곤 했다. 인적이 없는 새벽녘 분향소의 영정들을 보며 나는 참 많이 울었다. 그러던 어느 날 분향을 마치고 나오는데 저 멀리서 걸어 들어오는 제종길 시인이 보였다. 사람이 거의 없는 새벽 시간에 그도 그곳을 찾아오고 있었다. 중간에서 만난 우리는 손을 맞잡고 '우리 애들 어떡하죠?' 하면서 서로 울먹였다.

그 이후 나는 제종길 시인이 참 좋아졌다. 시장이나 국회의원으로서가 아니라 진정으로 생명을 사랑하는 친구를 만났다는 생각이 들었기 때문이다. '사람들이 아프니 나도 아프다'라는 말은 유마경에 실려 있는 말이다. 이것이 공감의 본질, 사랑의 본질이고 생명을 타고 난 우리가 가져야 할 가장 핵심적인 본질이라고 나는 믿는다.

　그의 시 속에는 생명에 관한 그리고 생명의 생존 원리인 공존과 공생의 시들이 많은 까닭도 아마 그 마음에 품고 있는 삶의 지향점이 그렇기 때문이라 가늠해 본다. 앞서 얘기한 시언지(詩言志)에서 제종길 시인의 지(志)는 생명, 사랑, 공존, 공생에 있다고 나는 믿는다. 그곳이 바로 그의 마음이 가닿아 머무는 곳이다.

　해설을 마무리하며 마지막으로 한 가지만 첨언하고자 한다. 공자가 논어에서 얘기했던 문질빈빈(文質彬彬)의 사상은 군자(君子)를 이야기하면서 나온 말이다. 이 말은 '바탕인 질(質)이 꾸밈인 문(文)을 이기면 거칠고, 반대로 꾸밈이 바탕을 이기면 호화롭기만 하기 때문에 이 두 가지가 어우러져야 군자가 된다'라는 말이다. 물론 이 말은 사람 됨됨이를 얘기하는 것이었지만, 흔히 글이나 시를 논의할 때에도 많이 얘기된다. 시에서 질(質)을 사상이나 내용이라고 한다면 문(文)은 표현이나 형식을 이야기하는 것이라 해도 된다. 즉, 내용과 형식이 잘 어우러져야 좋은 시가 된다는 의미로 이해할 수 있겠다. 마지막으로 이 말을 하는 이유는 제종길 시인은 이미 시인으로서 좋은 바탕을 가지고 있기 때문에 이제부터는 표현이나 형식에 좀더 관심을 기울여 더 많은 사람에게 사랑받는 시인으로서의 새로운 삶을 살아가시기를 소망하기 때문이다.